punto.com

Para Jean, la madre de Andy,
y para Terry, su papá.

punto.com

Ralph STEADman

SerreS

Título original: *little.com*
Traducción: Miguel Ángel Mendo
Fotocomposición: Editor Service, S.L.
Editado por acuerdo con Andersen Press, Londres
Texto e ilustraciones © 2000 Ralph Steadman

Primera edición en lengua castellana para todo el mundo:
© 2001 Ediciones Serres, S. L.
Muntaner, 391 - 08021 - Barcelona

ISBN: 84-8848-009-5

*Las ilustraciones han sido realizadas con acrílico, témpera
y tinta china sobre cartón blanco remanufacturado en
CM 100/100 algodón de Fabriano.*

SPAN
E
STEADMAN

Soy un punto. Vivo en tu ordenador, así que ya sabes dónde puedes encontrarme. Lo que nadie sabe es que tengo un secreto, pero, por favor, no se lo digas a nadie.

Mi secreto es...

...que cada vez que apagas el ordenador yo me escapo a tomar el té con mi amiga la Duquesa de Amalfi.

Vive en un castillo en lo alto de una colina.

Empiezo a zumbar y vibrar en el aire y...

zip,
zap,
zummmm...,
¡ya estoy allí!

Pero antes de ir al castillo, me gusta ponerme elegante.

A veces me visto así...

...y, otras veces, así...

La Duquesa sabe que no me gusta el té. Y me da TINTA.
¡ME ENCANTA LA TINTA!

Cuando estoy repleto de tinta,
me siento un poco mareado...

.y me da por hacer cosas raras.

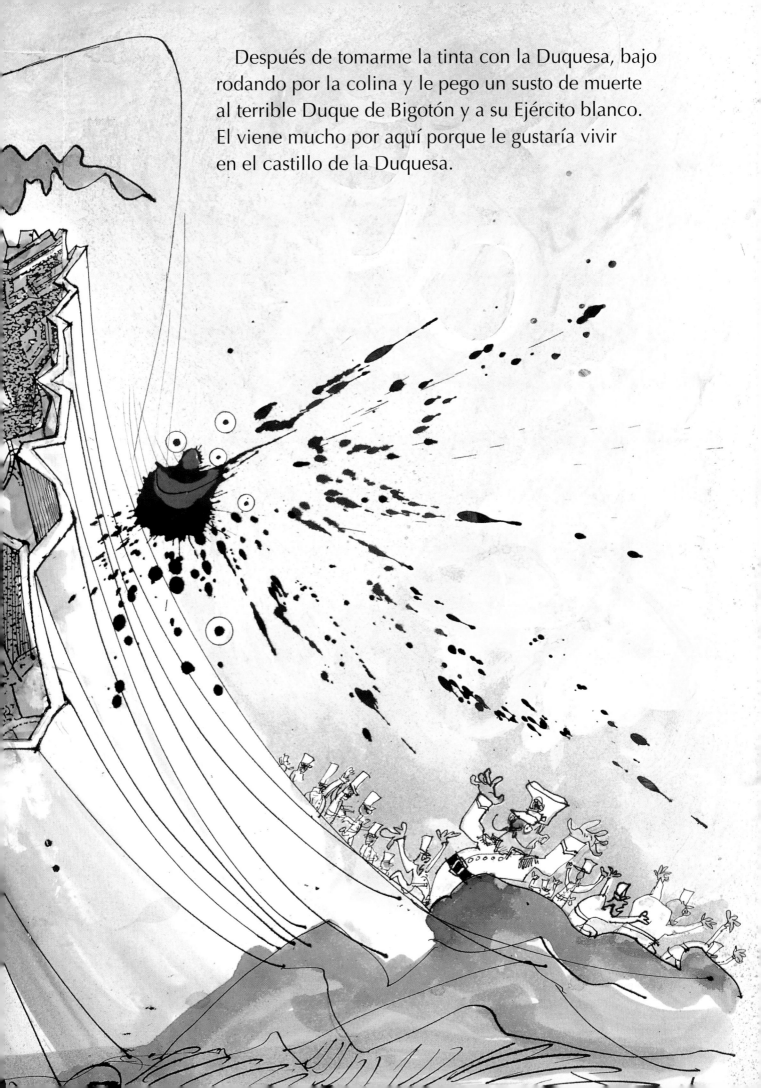

Después de tomarme la tinta con la Duquesa, bajo
rodando por la colina y le pego un susto de muerte
al terrible Duque de Bigotón y a su Ejército blanco.
El viene mucho por aquí porque le gustaría vivir
en el castillo de la Duquesa.

Cuando los soldados del Ejército
blanco del Duque me ven explotar y
salpicarlo todo de tinta, salen corriendo.

—¡CUIDADO! —gritan tratando de ponerse a cubierto.

A los más lentos les pongo la espalda perdida. Y los calcetines. No hay nada que más odie un soldado que marchar con los calcetines empapados y llenos de tinta.

Organizo un buen lío.
El Duque se lleva el dedo a los
labios y me dice en voz baja:
—¡Shshshhsshh...! Vas a
despertar al enemigo.

—¡Yo no tengo enemigos! —grito—.
¡TODO EL MUNDO ME QUIERE!

Entonces me disfrazo de tigre y rujo con todas mis fuerzas.
El Duque de Bigotón hace lo posible por no temblar de miedo
y mantenerse firme en su puesto.

Yo lo pongo perdido de tinta, de la cabeza a los pies.

Después me siento avergonzado por mi comportamiento y me pongo a bailar para los soldados. Y ellos bailan también.

Soy magnífico bailando, y si no me contoneo demasiado no suelto casi ningún borrón.

Pero a veces me entusiasmo y...

El jueves pasado, después de mi visita a la Duquesa, intenté bajar la colina volando, pero estaba tan atiborrado de tinta que al aterrizar me estampé contra el suelo.

Cuando me levanté me di cuenta de que había montado un buen estropicio. ¡Y, naturalmente, los soldados también se dieron cuenta!

El domingo, la Duquesa
me hizo un magnífico regalo
sorpresa: ¡unos patines!
Salí zumbando con ellos
colina abajo como
un loco.

Hoy ha vuelto a suceder algo inesperado. Iba a visitar a la Duquesa, como siempre, cuando apareció el Duque de Bigotón con una bandera blanca de rendición. Estaba llena de puntos.

—Por favor —me dijo—, ¿podrías llevarme a ver a la Duquesa? Parece que aquello es muy divertido.

Hay veces que uno debe confiar en una persona tanto como si fuese un punto. Así que e permití que me siguiera hasta lo alto de la colina. El Duque y la Duquesa se enamoraron nmediatamente. Lo cual me intranquilizó. ¿Me volverían a invitar? La Duquesa pareció eer mis pensamientos: "No te preocupes, Punto. Nos casaremos el próximo martes. ?ero tú puedes ser nuestro PADRINO, y, además, nuestro HOMBRE DE CONFIANZA."

Me emocioné tanto que hice un borrón enorme en su alfombra.

Pero luego dije:

—¡Un momento, que yo no soy un hombre, que soy un PUNTO!

—Bueno, pues, entonces —respondió la Duquesa—, serás nuestro PUNTO DE CONFIANZA. ¡El PUNTO DE MÁXIMA CONFIANZA del mundo!

Pegué un salto mortal allí mismo y en el techo quedó la mancha de un puntito.

—¡YUHUUU...! —grité—. Seré el punto más elegante del mundo. Me vestiré de tinta ROJA. El ROJO me parece el color más adecuado para una boda. ·

—Pues yo —dijo la Duquesa— iré de NEGRO, y así podrás salpicar todo lo que te plazca.

Al oír esto, el Duque se ruborizó de felicidad.
¡Se puso tan rojo como mi calcetín!
Le preguntó a la novia si le gustaría ponerse
el vestido oficial de bodas de su regimiento,
de alambre de espino, que había
pertenecido a su madre.
¡Y la Duquesa aceptó!

MENOS MAL que regresé corriendo, porque tú
acababas de encender el ordenador en ese momento.
Y aquí me tienes, listo para trabajar de nuevo...
Punto, punto, punto...

Pero recuerda, por favor, NO le digas a nadie
nuestro secreto porque puede que no vuelvan a
dejarme salir...

...y ya sabes dónde tengo que
estar el próximo martes, ¿no?

punto

punto

punto

punto

¡PUNTO!